Thomas Carlyle,  Johann Wolfgang von Goethe

**Thomas Carlyle, Leben Schillers**

Thomas Carlyle,  Johann Wolfgang von Goethe

**Thomas Carlyle, Leben Schillers**

ISBN/EAN: 9783337353636

Hergestellt in Europa, USA, Kanada, Australien, Japan

Cover: Foto ©Raphael Reischuk / pixelio.de

Weitere Bücher finden Sie auf **www.hansebooks.com**

THOMAS CARLYLE
Leben Schillers.
AUS DEM ENGLISCHEN.
eingeleitet
durch
GOETHE.

Frankfurt am Main 1830
Verlag von Heinrich Wilmans.

Thomas Carlyle

# Leben Schillers,

## aus dem Englischen;

eingeleitet

durch

## Goethe.

Frankfurt am Main, 1830.

Verlag von Heinrich Wilmans.

Der hochansehnlichen

## Gesellschaft

für ausländische

## schöne Literatur,

zu

## Berlin.

Als gegen Ende des vergangenen Jahres ich die angenehme Nachricht erhielt, dass eine mir freundlich bekannte Gesellschaft, welche bisher ihre Aufmerksamkeit inländischer Literatur gewidmet hatte, nunmehr dieselbe auf die ausländische zu wenden gedenke, konnte ich in meiner damaligen Lage nicht ausführlich und gründlich genug darlegen, wie sehr ich ein Unternehmen, bey welchen man auch meiner auf das geneigteste gedacht hatte, zu schätzen wisse.

Selbst mit gegenwärtigem öffentlichen Ausdruck meines dankbaren Antheils geschieht nur fragmentarisch was ich im bessern Zusammenhang zu überliefern gewünscht hätte. Ich will aber auch das wie es mir vorliegt nicht zurückweisen, indem ich meinen Hauptzweck dadurch zu erreichen hoffe, dass ich nämlich meine Freunde mit einem Manne in Berührung bringe, welchen ich unter diejenigen zähle, die in späteren Jahren sich an mich thätig angeschlossen, mich durch eine mitschreitende Theilnahme zum Handeln und Wirken aufgemuntert, und durch ein edles, reines wohlgerichtetes Bestreben wieder selbst verjüngt, mich, der ich sie heranzog, mit sich fortgezogen haben. Es ist der Verfasser des hier übersetzten Werkes, Herr T h o m a s   C a r l y l e, ein Schotte, von dessen Thätigkeit und Vorzügen, so wie von dessen näheren Zuständen nachstehende Blätter ein Mehreres eröffnen werden.

Wie ich denselben und meine Berliner Freunde zu kennen glaube, so wird zwischen ihnen und ihm eine frohe wirksame Verbindung sich einleiten und beide Theile werden, wie ich hoffen darf, in einer Reihe von Jahren sich dieses Vermächtnisses und seines fruchtbaren Erfolges zusammen erfreuen, so dass ich ein fortdauerndes Andenken, um welches ich hier schliesslich bitten möchte, schon als dauernd gegönnt, mit anmuthigen Empfindungen voraus geniessen kann.

in treuer Anhänglichkeit und Theilnahme.

Weimar April

1830.

J.  W.  v.  G o e t h e.

––––––––––––––––

Es ist schon einige Zeit von einer allgemeinen Weltliteratur die Rede und zwar nicht mit Unrecht: denn die sämmtlichen Nationen, in den fürchterlichsten Kriegen durcheinander geschüttelt, sodann wieder auf sich selbst einzeln zurückgeführt, hatten zu bemerken, dass sie manches Fremde gewahr worden, in sich aufgenommen, bisher unbekannte geistige Bedürfnisse hie und da empfunden. Daraus entstand das Gefühl nachbarlicher Verhältnisse, und anstatt dass man sich bisher zugeschlossen hatte, kam der Geist nach und nach zu dem Verlangen, auch in den mehr oder weniger freyen geistigen Handelsverkehr mit aufgenommen zu werden.

Diese Bewegung währt zwar erst eine kurze Weile, aber doch immer lang genug, um schon einige Betrachtungen darüber anzustellen, und aus ihr bald möglichst, wie man es im Waarenhandel ja auch thun muss, Vortheil und Genuss zu gewinnen.

———

Gegenwärtiges, zum Andenken S c h i l l e r s, geschriebene Werk kann, übersetzt, für uns kaum etwas Neues bringen; der Verfasser nahm seine Kenntnisse aus Schriften, die uns längst bekannt sind, so wie denn auch überhaupt die hier verhandelten Angelegenheiten bey uns öfters durchgesprochen und durchgefochten worden.

Was aber den Verehrern S c h i l l e r s, und also einem jeden Deutschen, wie man kühnlich sagen darf, höchst erfreulich seyn muss, ist: unmittelbar zu erfahren, wie ein zartfühlender, strebsamer, einsichtiger Mann über dem Meere, in seinen besten Jahren, durch S c h i l l e r s Productionen berührt, bewegt, erregt und nun zum weitern Studium der deutschen Literatur angetrieben worden.

Mir wenigstens war es rührend, zu sehen, wie dieser, rein und ruhig denkende Fremde, selbst in jenen ersten, oft harten, fast rohen Productionen unsres verewigten Freundes, immer den edlen, wohldenkenden, wohlwollenden Mann gewahr ward und sich ein Ideal des vortrefflichsten Sterblichen an ihm auferbauen konnte.

Ich halte deshalb dafür dass dieses Werk, als von einem Jüngling geschrieben, der deutschen Jugend zu empfehlen seyn möchte: denn wenn ein munteres Lebensalter einen Wunsch haben darf und soll, so ist es der: in allem Geleisteten das Löbliche, Gute, Bildsame, Hochstrebende, genug das Ideelle, und selbst in dem nicht Musterhaften, das allgemeine Musterbild der Menschheit zu erblicken.

———

Ferner kann uns dieses Werk von Bedeutung seyn, wenn wir ernstlich betrachten: wie ein fremder Mann die Schillerischen Werke, denen wir so mannigfaltige Kultur verdanken, auch als Quelle der seinigen schätzt, verehrt und dies, ohne irgend eine Absicht, rein und ruhig zu erkennen giebt.

Eine Bemerkung möchte sodann hier wohl am Platze seyn: dass sogar dasjenige, was unter uns beynahe ausgewirkt hat, nun, gerade in dem Augenblicke welcher auswärts der deutschen Literatur günstig ist, abermals seine kräftige Wirkung beginne und dadurch zeige, wie es auf einer gewissen Stufe der Literatur immer nützlich und wirksam seyn werde.

So sind z. B. Herders Ideen bey uns dergestalt in die Kenntnisse der ganzen Masse übergegangen, dass nur wenige, die sie lesen, dadurch erst belehrt werden, weil sie, durch hundertfache Ableitungen, von demjenigen was damals von grosser Bedeutung war, in anderem Zusammenhange schon völlig unterrichtet worden. Dieses Werk ist vor kurzem ins Französische übersetzt; wohl in keiner andern Ueberzeugung als dass tausend gebildete Menschen in Frankreich sich immer noch an diesen Ideen zu erbauen haben.

———————

In Bezug auf das dem gegenwärtigen Bande vorgesetzte Bild sey folgendes gemeldet: Unser Freund, als wir mit ihm in Verhältniss traten, war damals in Edinburgh wohnhaft, wo er in der Stille lebend, sich im besten Sinne auszubilden suchte, und, wir dürfen es ohne Ruhmredigkeit sagen, in der deutschen Literatur hiezu die meiste Förderniss fand.

Später, um sich selbst und seinen redlichen literarischen Studien unabhängig zu leben, begab er sich, etwa zehen deutsche Meilen südlicher, ein eignes Besitzthum zu bewohnen und zu benutzen, in die Grafschaft Dumfries. Hier, in einer gebirgigen Gegend, in welcher der Fluss Nithe dem nahen Meere zuströmt, ohnfern der Stadt Dumfries, an einer Stelle welche Craigenputtock genannt wird, schlug er mit einer schönen und höchst gebildeten Lebensgefährtin seine ländlich einfache Wohnung auf, wovon treue Nachbildungen eigentlich die Veranlassung zu gegenwärtigem Vorworte gegeben haben.

━━━━━━━

Gebildete Geister, zartfühlende Gemüther, welche nach fernem Guten sich bestreben, in die Ferne Gutes zu wirken geneigt sind, erwehren sich kaum des Wunsches, von geehrten, geliebten, weitabgesonderten Personen das Portrait, sodann die Abbildung ihrer Wohnung, so wie der nächsten Zustände, sich vor Augen gebracht zu sehen.

Wie oft wiederholt man noch heutiges Tags die Abbildung von Petrarch's Aufenthalt in Vaucluse, Tasso's Wohnung in Sorent! Und ist nicht immer die Bieler Insel, der Schutzort Rousseau's, ein seinen Verehrern nie genugsam dargestelltes Local?

In eben diesem Sinne hab' ich mir die Umgebungen meiner entfernten Freunde im Bilde zu verschaffen gesucht, und ich war um so mehr auf die Wohnung Hrn. T h o m a s C a r l y l e begierig, als er seinen Aufenthalt in einer fast rauhen Gebirgsgegend unter dem 55ten Grade gewählt hatte.

Ich glaube durch solch eine treue Nachbildung der neulich eingesendeten Originalzeichnungen gegenwärtiges Buch zu zieren und dem jetzigen gefühlvollen Leser, vielleicht noch mehr dem künftigen, einen freundlichen Gefallen zu erweisen und dadurch, so wie durch eingeschaltete Auszüge aus den Briefen des werthen Mannes, das Interesse an einer edlen allgemeinen Länder- und Weltannäherung zu vermehren.

━━━━━━━

## T h o m a s  C a r l y l e  a n  G o e t he.

Craigenputtock den 25. Septbr. 1828.

"Sie forschen mit so warmer Neigung nach unserem gegenwärtigen Aufenthalt und Beschäftigung, dass ich einige Worte hierüber sagen muss, da noch Raum dazu übrig bleibt. Dumfries ist eine artige Stadt, mit etwa 15000 Einwohnern und als Mittelpunct des Handels und der

Gerichtsbarkeit anzusehen eines bedeutenden Districkts in dem schottischen Geschäftskreis. Unser Wohnort ist nicht darin, sondern 15 Meilen (zwei Stunden zu reiten) nordwestlich davon entfernt, zwischen den Granitgebirgen und dem schwarzen Moorgefilde, welche sich westwärts durch Gallovay meist bis an die irische See ziehen. In dieser Wüste von Heide und Felsen stellt unser Besitzthum eine grüne Oase vor, einen Raum von geackertem, theilweise umzäumten und geschmückten Boden, wo Korn reift und Bäume Schatten gewähren, obgleich ringsumher von Seemöven und hartwolligen Schaafen umgeben. Hier, mit nicht geringer Anstrengung, haben wir für uns eine reine, dauerhafte Wohnung erbaut und eingerichtet; hier wohnen wir in Ermangelung einer Lehr- oder andern öffentlichen Stelle, um uns der Literatur zu befleissigen, nach eigenen Kräften uns damit zu beschäftigen. Wir wünschen dass unsre Rosen und Gartenbüsche fröhlich heranwachsen, hoffen Gesundheit und eine friedliche Gemüthsstimmung, um uns zu fordern. Die Rosen sind freylich zum Theil noch zu pflanzen, aber sie blühen doch schon in Hoffnung.

Zwei leichte Pferde, die uns überall hintragen, und die Bergluft sind die besten Aerzte für zarte Nerven. Diese tägliche Bewegung, der ich sehr ergeben bin, ist meine einzige Zerstreuung; denn dieser Winkel ist der einsamste in Brittanien, sechs Meilen von einer jeden Person entfernt die mich allenfalls besuchen möchte. Hier würde sich Rousseau eben so gut gefallen haben, als auf seiner Insel St. Pierre.

Fürwahr meine städtischen Freunde schreiben mein Hierhergehen einer ähnlichen Gesinnung zu und weissagen mir nichts Gutes; aber ich zog hierher, allein zu dem Zweck meine Lebensweise zu vereinfachen und eine Unabhängigkeit zu erwerben, damit ich mir selbst treu bleiben könne. Dieser Erdraum ist unser, hier können wir leben, schreiben und denken wie es uns am besten däucht, und wenn Zoilus selbst König der Literatur werden sollte.

Auch ist die Einsamkeit nicht so bedeutend, eine Lohnkutsche bringt uns leicht nach Edinburgh, das wir als unser brittisch Weimar ansehen. Habe ich denn nicht auch gegenwärtig eine ganze Ladung von französischen, deutschen, amerikanischen, englischen Journalen und

Zeitschriften, von welchem Werth sie auch seyn mögen, auf den Tischen meiner kleinen Bibliothek aufgehäuft!

Auch an alterthümlichen Studien fehlt es nicht. Von einigen unsrer Höhen entdeck' ich, ohngefähr eine Tagereise westwärts, den Hügel, wo Agrikola und seine Römer ein Lager zurückliessen; am Fusse desselben war ich geboren, wo Vater und Mutter noch leben um mich zu lieben. Und so muss man die Zeit wirken lassen. Doch wo gerath ich hin! Lassen Sie mich noch gestehen, ich bin ungewiss über meine künftige literarische Thätigkeit, worüber ich gern Ihr Urtheil vernehmen möchte; gewiss schreiben Sie mir wieder und bald, damit ich mich immer mit Ihnen vereint fühlen möge."

———

Wir, nach allen Seiten hin wohlgesinnten, nach allgemeinster Bildung strebenden Deutschen, wir wissen schon seit vielen Jahren die Verdienste würdiger schottischer Männer zu schätzen. Uns blieb nicht unbekannt, was sie früher in den Naturwissenschaften geleistet, woraus denn nachher die Franzosen ein so grosses Uebergewicht erlangten.

In der neuern Zeit verfehlten wir nicht den löblichen Einfluss anzuerkennen, den ihre Philosophie auf die Sinnesänderung der Franzosen ausübte, um sie von dem starren Sensualism zu einer geschmeidigern Denkart auf dem Wege des gemeinen Menschenverstandes hinzuleiten. Wir verdankten ihnen gar manche gründliche Einsicht in die wichtigsten Fächer brittischer Zustände und Bemühungen.

Dagegen mussten wir vor nicht gar langer Zeit unsre ethisch-ästhetischen Bestrebungen in ihren Zeitschriften auf eine Weise behandelt sehen, wo es zweifelhaft blieb, ob Mangel an Einsicht oder böser Wille dabei obwaltete; ob eine oberflächliche, nicht genug durchdringende Ansicht, oder ein widerwilliges Vorurtheil im Spiele sey. Dieses Ereigniss haben wir jedoch geduldig abgewartet, da uns ja dergleichen im eignen Vaterlande zu ertragen genugsam von jeher auferlegt worden.

In den letzten Jahren jedoch erfreuen uns aus jenen

Gegenden die liebevollsten Blicke, welche zu erwiedern wir uns verpflichtet fühlen und worauf wir in gegenwärtigen Blättern unsre wohldenkenden Landsleute, insofern es nöthig seyn sollte, aufmerksam zu machen gedenken.

━━━━━━━━

Herr T h o m a s  C a r l y l e hatte schon den W i l h e l m M e i s t e r übersetzt und gab sodann vorliegendes Leben S c h i l l e r s im Jahre 1825 heraus.

Im Jahre 1827 erschien *German Romances* in 4 Bänden, wo er, aus den Erzählungen und Mährchen deutscher Schriftsteller als: M u s ä u s , L a  M o tt e  F o u q u é , T i e c k , H o ff m a n n , J e a n  P a u l und G o e t h e, heraushob, was er seiner Nation am gemässesten zu seyn glaubte.

Die einer jeden Abtheilung vorausgeschickten Nachrichten von dem Leben, den Schriften, der Richtung des genannten Dichters und Schriftstellers geben ein Zeugniss von der einfach wohlwollenden Weise, wie der Freund sich möglichst von der Persönlichkeit und den Zuständen eines jeden zu unterrichten gesucht, und wie er dadurch auf den rechten Weg gelangt, seine Kenntnisse immer mehr zu vervollständigen.

In den Edinburgher Zeitschriften, vorzüglich in denen welche eigentlich fremder Literatur gewidmet sind, finden sich nun, ausser den schon genannten deutschen Autoren, auch E r n s t  S c h u l z , K l i n g e m a n n , F r a n z  H o r n , Z a c h a r i a s  W e r n e r, Graf P l a t e n und manche andere, von verschiedenen Referenten, am meisten aber von unserm Freunde, beurtheilt und eingeführt.

Höchst wichtig ist bey dieser Gelegenheit zu bemerken, dass sie eigentlich ein jedes Werk nur zum Text und Gelegenheit nehmen, um über das eigentliche Feld und Fach, so wie alsdann über das besondere Individuelle, ihre Gedanken zu eröffnen und ihr Gutachten meisterhaft abzuschliessen.

Diese *Edinburgh Reviews*, sie seyen dem Innern und Allgemeinen, oder den auswärtigen Literaturen besonders gewidmet, haben Freunde der Wissenschaften aufmerksam zu beachten; denn es ist höchst merkwürdig, wie der gründlichste Ernst mit der freysten Uebersicht, ein strenger

Patriotismus mit einem einfachen reinen Freysinn, in diesen
Vorträgen sich gepaart findet.

━━━━━━━━

Geniessen wir nun von dort, in demjenigen was uns hier so
nah angeht, eine reine einfache Theilnahme an unsern
ethisch-ästhetischen Bestrebungen, welche für einen
besondern Charakterzug der Deutschen gelten können, so
haben wir uns gleichfalls nach dem umzusehen, was ihnen
dort von dieser Art eigentlich am Herzen liegt. Wir nennen
hier gleich den Namen B u r n s , von welchem ein Schreiben
des Herrn C a r l y l e' s folgende Stelle enthält.

"Das einzige einigermassen Bedeutende, was ich seit meinem
Hierseyn schrieb, ist ein Versuch über B u r n s . Vielleicht
habt Ihr niemals von diesem Mann gehört, und doch war er
einer der entschiedensten Genies; aber in der tiefsten Classe
der Landleute geboren und durch die Verwicklungen
sonderbarer Lagen zuletzt jammervoll zu Grunde gerichtet,
so dass was er wirkte verhältnissmässig geringfügig ist; er
starb in der Mitte der Manns-Jahre (1796)."

"Wir Engländer, besonders wir Schottländer, lieben B u r n s
mehr als irgend einen Dichter seit Jahrhunderten. Oft war
ich von der Bemerkung betroffen, er sey wenig Monate vor
S c h i l l e r , in dem Jahr 1759 geboren und keiner dieser
beiden habe jemals des andern Namen vernommen. Sie
glänzten als Sterne in entgegengesetzten Hemisphären, oder,
wenn man will, eine trübe Erdatmosphäre fing ihr
gegenseitiges Licht auf."

Mehr jedoch als unser Freund vermuthen mochte, war uns
R o b e r t  B u r n s bekannt; das allerliebste Gedicht *John
Barley-Corn* war anonym zu uns gekommen, und verdienter
Weise geschätzt, veranlasste solches manche Versuche unsrer
Sprache es anzueignen. *Hans Gerstenkorn*, ein wackerer
Mann, hat viele Feinde, die ihn unablässig verfolgen und
beschädigen, ja zuletzt gar zu vernichten drohen. Aus allen
diesen Unbilden geht er aber doch am Ende triumphirend
hervor, besonders zu Heil und Fröhlichkeit der
leidenschaftlichen Biertrinker. Gerade in diesem heitern
genialischen Anthropomorphismus zeigt sich B u r n s als
wahrhaften Dichter.

Auf weitere Nachforschung fanden wir dieses Gedicht in der Ausgabe seiner poetischen Werke von 1822, welcher eine Skizze seines Lebens voransteht, die uns wenigstens von den Aeusserlichkeiten seiner Zustände bis auf einen gewissen Grad belehrte. Was wir von seinen Gedichten uns zueignen konnten, überzeugte uns von seinem ausserordentlichen Talent, und wir bedauerten, dass uns die Schottische Sprache gerade da hinderlich war, wo er des reinsten natürlichsten Ausdrucks sich gewiss bemächtigt hatte. Im Ganzen jedoch haben wir unsre Studien so weit geführt, dass wir die nachstehende rühmliche Darstellung auch als unsrer Ueberzeugung gemäss unterschreiben können.

Inwiefern übrigens unser B u r n s auch in Deutschland bekannt sey, mehr als das Conversations-Lexicon von ihm überliefert, wüsste ich, als der neuen literarischen Bewegungen in Deutschland unkundig, nicht zu sagen; auf alle Fälle jedoch gedenke ich die Freunde auswärtiger Literatur auf die kürzesten Wege zu weisen: *The Life of Robert Burns. By J. G. Lockhart. Edinburgh 1828.* rezensirt von unserm Freunde im *Edinburgh Review*, December 1828.

Nachfolgende Stellen daraus übersetzt, werden den Wunsch, das Ganze und den genannten Mann auf jede Weise zu kennen, hoffentlich lebhaft erregen.

―――――

"B u r n s war in einem höchst prosaischen Zeitalter, dergleichen Brittanien nur je erlebt hatte, geboren, in den aller ungünstigsten Verhältnissen, wo sein Geist nach hoher Bildung strebend ihr unter dem Druck täglich harter körperlicher Arbeit nach zu ringen hatte, ja unter Mangel und trostlosesten Aussichten auf die Zukunft; ohne Förderniss als die Begriffe, wie sie in eines armen Mannes Hütte wohnen, und allenfalls die Reime von Ferguson und Ramsay, als das Muster der Schönheit aufgesteckt. Aber unter diesen Lasten versinkt er nicht; durch Nebel und Finsterniss einer so düstern Region entdeckt sein Adlerauge die richtigen Verhältnisse der Welt und des Menschenlebens, er wächst an geistiger Kraft und drängt sich mit Gewalt zu verständiger Erfahrung. Angetrieben durch die unwiderstehliche Regsamkeit seines inneren Geistes strauchelt er vorwärts und zu allgemeinen Ansichten, und mit stolzer Bescheidenheit reicht er uns die Frucht seiner Bemühungen, eine Gabe dar, welche nunmehr durch die Zeit als unvergänglich anerkannt worden."

"Ein wahrer Dichter, ein Mann in dessen Herzen die Anlage eines reinen Wissens keimt, die Töne himmlischer Melodien vorklingen, ist die köstlichste Gabe, die einem Zeitalter mag verliehen werden. Wir sehen in ihm eine freyere, reinere Entwicklung alles dessen was in uns das Edelste zu nennen ist; sein Leben ist uns ein reicher Unterricht und wir betrauern seinen Tod als eines Wohlthäters, der uns liebte so wie belehrte."

"Solch eine Gabe hat die Natur in ihrer Güte uns an R o b e r t  B u r n s gegönnt; aber mit allzuvornehmer Gleichgültigkeit warf sie ihn aus der Hand als ein Wesen ohne Bedeutung. Es war entstellt und zerstört ehe wir es anerkannten, ein ungünstiger Stern hatte dem Jüngling die Gewalt gegeben, das menschliche Daseyn ehrwürdiger zu machen, aber ihm war eine weisliche Führung seines eigenen nicht geworden. Das Geschick—denn so müssen wir in unserer Beschränktheit reden—seine Fehler, die Fehler der Andern lasteten zu schwer auf ihm, und dieser Geist, der sich erhoben hatte, wäre es ihm nur zu wandern geglückt, sank in den Staub; seine herrlichen Fähigkeiten wurden in der Blüthe mit Füssen getreten. Er starb, wir dürfen wohl sagen, ohne jemals gelebt zu haben. Und so eine freundlich warme Seele, so voll von eingebornen Reichthümern, solcher Liebe zu allen lebendigen und leblosen Dingen! Das späte Tausendschönchen fällt nicht unbemerkt unter seine Pflugschar, so wenig als das wohlversorgte Nest der furchtsamen Feldmaus, das er hervorwühlt. Der wilde Anblick des Winters ergötzt ihn; mit einer trüben, oft wiederkehrenden Zärtlichkeit, verweilt er in diesen ernsten Scenen der Verwüstung; aber die Stimme des Windes wird ein Psalm in seinem Ohr; wie gern mag er in den sausenden Wäldern dahin wandern: denn er fühlt seine Gedanken erhoben zu dem, der auf den Schwingen des Windes einherschreitet. Eine wahre Poetenseele! sie darf nur berührt werden und ihr Klang ist

Musik."

"Welch ein warmes allumfassendes Gleichheitsgefühl! welche vertrauenvolle, gränzenlose Liebe! welch edelmüthiges Ueberschätzen des geliebten Gegenstandes! Der Bauer, sein Freund, sein nussbraunes Mädchen sind nicht länger gering und dörfisch, Held vielmehr und Königin, er rühmt sie als gleich würdig des Höchsten auf der Erde. Die rauhen Scenen schottischen Lebens sieht er nicht im arkadischen Lichte, aber in dem Rauche, in dem unebenen Tennenboden einer solchen rohen Wirthlichkeit findet er noch immer Liebenswürdiges genug. Armuth fürwahr ist sein Gefährte, aber auch Liebe und Muth zugleich; die einfachen Gefühle, der Werth, der Edelsinn, welche unter dem Strohdach wohnen, sind lieb und ehrwürdig seinem Herzen. Und so über die niedrigsten Regionen des menschlichen Daseyns ergiesst er die Glorie seines eigenen Gemüths und sie steigen, durch Schatten und Sonnenschein gesänftigt und verherrlicht, zu einer Schönheit, welche sonst die Menschen kaum in dem Höchsten erblicken."

"Hat er auch ein Selbstbewusstseyn, welches oft in Stolz ausartet, so ist es ein edler Stolz, um abzuwehren, nicht um anzugreifen, kein kaltes misslaunisches Gefühl, ein freyes und geselliges. Dieser poetische Landmann beträgt sich, möchten wir sagen, wie ein König in der Verbannung; er ist unter die Niedrigsten gedrängt und fühlt sich gleich den Höchsten; er verlangt keinen Rang, damit man ihm keinen streitig mache. Den Zudringlichen kann er abstossen, den Stolzen demüthigen, Vorurtheil auf Reichthum oder Altgeschlecht haben bey ihm keinen Werth. In diesem dunklen Auge ist ein Feuer, woran sich eine abwürdigende Herablassung nicht wagen darf; in seiner Erniedrigung, in der äussersten Noth vergisst er nicht für einen Augenblick die Majestät der Poesie und Mannheit. Und doch, so hoch er sich über gewöhnlichen Menschen fühlt, sondert er sich nicht von ihnen ab, mit Wärme nimmt er an ihrem Interesse Theil, ja er wirft sich in ihre Arme und, wie sie auch seyen, bittet er um ihre Liebe. Es ist rührend zu sehen, wie in den düstersten Zuständen dieses stolze Wesen in der Freundschaft Hülfe sucht, und oft seinen Busen dem Unwürdigen aufschliesst; oft unter Thränen an sein glühendes Herz ein Herz andrückt, das Freundschaft nur als Namen kennt. Doch war er scharf und schnellsichtig, ein Mann vom durchdringendsten Blick, vor welchem gemeine Verstellung sich nicht bergen konnte. Sein Verstand sah durch die Tiefen des vollkommensten Betrügers, und zugleich war eine grossmüthige Leichtgläubigkeit in seinem Herzen. So zeigte sich dieser Landmann unter uns: Eine Seele wie Aeolsharfe, deren Saiten vom gemeinsten Winde berührt, ihn zu gesetzlicher Melodie verwandelten. Und ein solcher Mann war es für den die Welt kein schicklicher Geschäft zu finden wusste, als sich mit Schmugglern und Schenken herumzuzanken, Accise auf den Talg zu berechnen und Bierfässer zu visiren. In solchem Abmühen ward dieser mächtige Geist kummervoll vergeudet, und hundert Jahre mögen vorüber gehen, eh uns ein gleicher gegeben wird, um vielleicht ihn abermals zu vergeuden."

———

Und wie wir den Deutschen zu ihrem S c h i l l e r Glück wünschen, so wollen wir in eben diesem Sinne auch die Schottländer segnen. Haben diese jedoch unserm Freunde so viel Aufmerksamkeit und Theilnahme erwiesen, so wär' es billig, dass wir auf gleiche Weise ihren B u r n s bey uns einführten. Ein junges Mitglied der hochachtbaren Gesellschaft, der wir gegenwärtiges im Ganzen empfohlen haben, wird Zeit und Mühe höchlich belohnt sehen, wenn er diesen freundlichen Gegendienst einer so verehrungswürdigen Nation zu leisten den Entschluss fassen und das Geschäft treulich durchführen will. Auch wir rechnen den belobten R o b e r t   B u r n s zu den ersten Dichtergeistern, welche das vergangene Jahrhundert hervorgebracht hat.

Im Jahr 1829 kam uns ein sehr sauber und augenfällig gedrucktes Octavbändchen zur Hand: *Catalogue of German Publications, selected and systematically arranged for W. H. Koller and Jul. Cahlmann. London.*

Dieses Büchlein, mit besonderer Kenntniss der deutschen Literatur, in einer die Uebersicht erleichternden Methode verfasst, macht demjenigen der es ausgearbeitet und den Buchhändlern Ehre, welche ernstlich das bedeutende

Geschäft übernehmen eine fremde Literatur in ihr Vaterland einzuführen, und zwar so dass mann in allen Fächern übersehen könne was dort geleistet worden, um so wohl den Gelehrten den denkenden Leser als auch den fühlenden und Unterhaltung suchenden anzulocken und zu befriedigen. Neugierig wird jeder deutsche Schriftsteller und Literator, der sich in irgend einem Fache hervorgethan, diesen Catalog aufschlagen um zu forschen: ob denn auch seiner darin gedacht, seine Werke, mit andern Verwandten, freundlich aufgenommen worden. Allen deutschen Buchhändlern wird es angelegen seyn zu erfahren: wie man ihren Verlag über dem Canal betrachte, welchen Preis man auf das Einzelne setze und sie werden nichts verabsäumen um mit jenen die Angelegenheit so ernsthaft angreifenden Männern in Verhältniss zu kommen, und dasselbe immerfort lebendig erhalten.

———

Wenn ich nun aber das von unserm Schottischen Freunde vor soviel Jahren verfasste Leben S c h i l l e r s , auf das er mit einer ihm so wohl anstehenden Bescheidenheit zurücksieht, hiedurch einleite und gegenwärtig an den Tag fördere, so erlaube er mir einige seiner neusten Aeusserungen hinzuzufügen, welche die bisherigen gemeinsamen Fortschritte am besten deutlich machen möchten.

———

## T h o m a s   C a r l y l e   a n   G o e the.

den 22. December 1829.

"Ich habe zu nicht geringer Befriedigung zum zweitenmale den B r i e f w e c h s e l gelesen und sende heute einen darauf gegründeten Aufsatz über S c h i l l e r ab für das *Foreign Review*. Es wird Ihnen angenehm seyn zu hören, dass die Kentniss und Schätzung der auswärtigen, besonders der deutschen Literatur, sich mit wachsender Schnelle verbreitet so weit die englische Zunge herrscht; so dass bey den Antipoden, selbst in Neuholland, die Weisen Ihres Landes ihre Weisheit predigen. Ich habe kürzlich gehört, dass sogar in Oxford und Cambridge, unsern beiden englischen

Universitäten, die bis jetzt als die Haltpuncte der insularischen eigenthümlichen Beharrlichkeit sind betrachtet worden, es sich in solchen Dingen zu regen anfängt. Ihr N i e b u h r hat in Cambridge einen geschickten Uebersetzer gefunden und in Oxford haben zwei bis drei Deutsche schon hinlängliche Beschäftigung als Lehrer ihrer Sprache. Das neue Licht mag für gewisse Augen zu stark seyn; jedoch kann Niemand an den guten Folgen zweifeln, die am Ende daraus hervorgehen werden. Lasst Nationen wie Individuen sich nur einander kennen und der gegenseitige Hass wird sich in gegenwärtige Hülfleistung verwandeln, und anstatt natürlicher Feinde, wie benachbarte Länder zuweilen genannt sind, werden wir alle natürliche Freunde seyn."

Wenn uns nach allen diesem nun die Hoffnung schmeichelt, eine Uebereinstimmung der Nationen, ein allgemeineres Wohlwollen werde sich durch nähere Kentniss der verschiedenen Sprachen und Denkweisen, nach und nach erzeugen; so wage ich von einem bedeutenden Einfluss der deutschen Literatur zu sprechen, welcher sich in einem besondern Falle höchst wirksam erweisen möchte.

Es ist nämlich bekannt genug, dass die Bewohner der drei brittischen Königreiche nicht gerade in dem besten Einverständnisse leben, sondern dass vielmehr ein Nachbar an dem andern genugsam zu tadeln findet, um eine heimliche Abneigung bey sich zu rechtfertigen.

Nun aber bin ich überzeugt, dass wie die deutsche ethisch-ästhetische Literatur durch das dreifache Brittanien sich verbreitet, zugleich auch eine stille Gemeinschaft von P h i l o g e r m a n e n sich bilden werde, welche in der Neigung zu einer vierten, so nahverwandten Völkerschaft, auch unter einander, als vereinigt und verschmolzen sich empfinden werden.

# Schillers Leben.

———————

## Erster Abschnitt.

———————

### Seine Jugend (1759-1784.)

Unter allen Schriftstellern ist am Schluss des letzten
Jahrhunderts wohl keiner der Aufmerksamkeit würdiger, als
Friedrich Schiller. Ausgezeichnet durch glänzenden
Geist, erhabenes Gefühl und edlen Geschmack, liess er den
schönsten Abdruck dieser selten vereinigten Eigenschaften
in seinen Werken zurück. Der ausgebreitete Ruhm, welcher
ihm dadurch geworden, ..........

.... es sind neue Formen der Wahrheiten, neue Grundsätze
der Weisheit, neue Bilder und Scenen der Schönheit, die er
dem leeren formlosen unendlichen Raum abgenommen; zum
κτῆμα εἰς ἀεὶ oder zum ewigen Eigenthum aller
Geschlechter dieses Erdballs. [s. 301.]

.......... die unsere Literatur, so reich sie auch schon an sich
ist, noch ungleich mehr bereichern würde. [*Anhang*, s. 54.]

———————

Nähere Bezeichnung der dargestellten Lokalitäten.

Titelkupfer, Thomas Carlyles Wohnung in der Graffschaft

Dumfries, des südlichen Schottlands.

Titel-Vignette, dieselbe in der Ferne.

Vorderseite des Umschlags, Wohnung Schillers in Weimar.

Rückseite des Umschlags, einsames Häuschen in Schillers
Garten, über der Jenaischen Leutra, von ihm selbst
errichtet; wo er in vollkommenster Einsamkeit
manches, besonders Maria Stuart schrieb. Nach seiner
Entfernung und erfolgtem Scheiden, trug man es ab,
wegen Wandelbarkeit, und man gedachte hier das
Andenken desselben zu erhalten.

www.ingramcontent.com/pod-product-compliance
Lightning Source LLC
Chambersburg PA
CBHW020627260626
47157CB00009B/3209